IMPRIMERIE HENRI SCHILLER
3, PLACE DE LA RÉPUBLIQUE
PARIS

3 novembre 1908

ATELIER

Eugène FEYEN

Chevalier de la Légion d'Honneur

Novembre 1908

CATALOGUE

DES

TABLEAUX

PAR

Eugène Feyen

dont la Vente, par suite de décès

AURA LIEU

HOTEL DROUOT.- SALLE N° 6

Les Vendredi 13 et Samedi 14 Novembre 1908, à 2 heures

Mᵉ F. LAIR-DUBREUIL	**MM. J. CHAINE & SIMONSON**
COMMISSAIRE-PRISEUR	EXPERTS
6, Rue Favart, 6	**19, Rue Caumartin, 19**

Chez lesquels se distribue le Catalogue

EXPOSITION PUBLIQUE

SALLES Nᵒˢ 5 et 6

Le Jeudi 12 Novembre 1908, de 1 heure 1/2 à 5 heures 1/2

CONDITIONS DE LA VENTE

La Vente sera faite au Comptant.

Les acquéreurs paieront *Dix pour cent* en sus des enchères.

Cliché Braun, Clément et Cie

TABLEAUX

PAR

Eugène FEYEN

DÉSIGNATION

1. — *Les Régates à Cancale.*
   SIGNÉ A DROITE.

   Toile Haut. 0m58 ; Largeur 1m06.

2. — *Le Repas frugal.*
   SIGNÉ A GAUCHE.

   Toile Haut. 0m95 ; Larg. 0m65.

3. — *Le Dimanche à Cancale.*
   SIGNÉ A GAUCHE.

   Toile Haut. 0m61 ; Larg. 1m08.

4. — *Le Retour des pêcheries.*
   SIGNÉ A DROITE.

   Toile Haut 0m62 ; Larg. 1m08.

5. — *Avant l'Orage.*
   SIGNÉ A DROITE.

   Toile Haut. 0m62 ; Larg. 1m08

6. — *Le triage des huîtres; Cancale.*
SIGNÉ A GAUCHE.

Toile Haut. 0m62 ; Larg. 1m07.

1,200

7. — *La Foire du Mont Dol de Bretagne.*
SIGNÉ A DROITE.

Toile Haut. 0m60 ; Larg. 1m07.

8. — *La Marchande de poissons.*
SIGNÉ A DROITE.

Toile Haut. 0m66 ; Larg. 0m95.

360

9. — *Un Haut-Bar.*
SIGNÉ A GAUCHE.

Toile Haut. 0m66 ; Larg. 0m95.

10. — *Le Calme.*
SIGNÉ A DROITE.

Toile Haut. 0m66 ; Larg. 0m95.

320

11. — *La Pêcheuse blessée.*
SIGNÉ A GAUCHE.

Toile Haut. 0m66 ; Larg. 0m95.

12. — *Le lavage des huîtres.*
SIGNÉ A DROITE.

Toile Haut. 0m66 ; Larg. 0m95.

520

13. — *En Attendant la basse mer.*
SIGNÉ A DROITE.

Toile Haut. 0m66 ; Larg. 0m95.

14. — *La Fiancée du marin.*
SIGNÉ A DROITE.

Toile Haut. 0m95 ; Larg. 0m66.

460

15. — *Le Débarquement pour la pêche.*
SIGNÉ A GAUCHE.

Toile Haut. 0m66 ; Larg. 0m95.

Nº 1

Cliché Braun, Clément et Cie

16. — *Inquiétudes ! Les Hommes sont en mer.*
SIGNÉ A GAUCHE.

Toile Haut. 0^m66 ; Larg. 0^m95.

17. — *Le départ pour la pêche de la crevette.*
SIGNÉ A DROITE.

Toile Haut. 0^m66 ; Larg. 0^m95.

18. — *Le tordage du fil à chalut.*
SIGNÉ A GAUCHE.

Toile Haut. 0^m95 ; Larg. 0^m66.

19. — *Les Orphelines.*
SIGNÉ A GAUCHE.

Toile Haut. 0^m66 ; Larg. 0^m95.

20. — *La Marchande de poissons.*
SIGNÉ A DROITE.

Toile Haut. 0^m95 ; Larg. 0^m66.

21. — *La Pêche aux crabes.*
SIGNÉ A GAUCHE.

Toile Haut 0^m96 ; Larg. 0^m95.

22. — *La Foire de St-Benoit-des-Ondes.*
SIGNÉ A DROITE.

Toile Haut. 0^m66 ; Larg. 0^m95.

23. — *Le transport des débris des parcs.*
SIGNÉ A GAUCHE.

Toile Haut. 0^m66 ; Larg. 0^m95.

24. — *La Charité.*
SIGNÉ A GAUCHE.

Toile Haut. 0^m95 ; Larg. 0^m66.

25. — *Le lavage des huitres avant l'expédition.*
SIGNÉ A DROITE.

Toile Haut. 0^m66 ; Larg. 0^m95.

26. — *La Pêche dans les parcs.*
SIGNÉ A GAUCHE.

Toile Haut. 0m53; Larg. 0m79.

27. — *Chargement de poissons.*
SIGNÉ A GAUCHE.

Toile Haut. 0m78; Larg. 0m55.

28. — *Le Retour du pêcheur.*
SIGNÉ A DROITE.

Toile Haut. 0m78; Larg. 0m55.

29. — *La prise d'une pieuvre.*
SIGNÉ A DROITE.

Toile Haut. 0m75; Larg. 0m56.

30. — *La pêche à la Senne.*
SIGNÉ A GAUCHE.

Bois Haut. 0m32; Larg. 0m49.

31. — *Le Repos.*
SIGNÉ A DROITE.

Toile Haut. 0m22; Larg. 0m39.

32. — *Le Déjeûner des enfants.*
SIGNÉ A GAUCHE.

Carton Haut. 0m32; Larg. 0m50.

33. — *Une Idylle.*
SIGNÉ A GAUCHE.

Bois Haut. 0m55; Larg. 0m40.

34. — *Les Glaneuses de la mer.*
SIGNÉ A DROITE.
Étude pour le tableau du Musée du Luxembourg

Toile Haut. 0m29; Larg. 0m44.

35. — *La cuisson des crevettes.*
SIGNÉ A GAUCHE.

Carton Haut. 0m32; Larg. 0m41.

N 2

36. — *La Marchande de poissons.*
SIGNÉ A GAUCHE.

Carton Haut. 0^{m}32 ; Larg. 0^{m}24.

145

37. — *La vieille pêcheuse.*
SIGNÉ A GAUCHE.

Carton Haut. 0^{m}30 ; Larg. 0^{m}24.

38. — *Débarquement dans les parcs.*
SIGNÉ A GAUCHE.

Carton Haut. 0^{m}18 ; Larg. 0^{m}31.

230

39. — *L'Ane*
SIGNÉ A GAUCHE.

Bois Haut. 0^{m}08 ; Larg. 0^{m}11.

40. — *L'Attente pendant un gros temps.*
SIGNÉ A GAUCHE.

Bois Haut. 0^{m}08 ; Larg. 0^{m}11.

180

41. — *La Réparation des filets.*
SIGNÉ A GAUCHE.

Bois Haut. 0^{m}15 ; Larg. 0^{m}22.

42. — *Les jeunes pêcheurs.*
SIGNÉ A DROITE.

Bois Haut. 0^{m}17 ; Larg. 0^{m}25.

185

43. — *Le boëtage des lignes.*
SIGNÉ A DROITE.

Bois Haut. 0^{m}20 ; Larg. 0^{m}27.

44. — *Marchands de porcs.*
SIGNÉ A GAUCHE.

Bois Haut. 0^{m}16 ; Larg. 0^{m}21.

305

45. — *Tricoteuse distraite.*
SIGNÉ A DROITE.

Bois Haut. 0^{m}55 ; Larg. 0^{m}40.

46. — *La Pêcheuse blessée.*

SIGNÉ A GAUCHE.

Carton Haut. 0ᵐ40; Larg. 0ᵐ45.

350

47. — *Femmes de pêcheurs anxieuses.*

SIGNÉ A GAUCHE.

Carton Haut. 0ᵐ55; Larg. 0ᵐ40.

48. — *Cuisine champêtre.*

SIGNÉ A DROITE.

Carton Haut. 0ᵐ55; Larg. 0ᵐ40.

240

49. — *Le débarquement du mousse.*

SIGNÉ A GAUCHE.

Bois Haut. 0ᵐ55; Larg. 0ᵐ40.

50. — *Fille de pêcheur.*

SIGNÉ A DROITE.

Bois Haut. 0ᵐ55; Larg. 0ᵐ40.

195

51. — *La pêche à la ligne.*

SIGNÉ A GAUCHE.

Bois Haut. 0ᵐ55: Larg. 0ᵐ40.

52. — *Le Congre.*

SIGNÉ A DROITE.

Bois Haut. 0ᵐ55; Larg. 0ᵐ40.

150

53. — *Retour des pêcheuses de crevettes.*

SIGNÉ A DROITE.

Toile Haut. 0ᵐ40; Larg. 0ᵐ55.

54. — *Pêcheuses de crabes.*

SIGNÉ A GAUCHE.

Bois Haut. 0ᵐ40; Larg. 0ᵐ55.

150

55. — *Lavandières de la Houlle.*

SIGNÉ A GAUCHE.

Toile Haut. 0ᵐ55; Larg. 0ᵐ40.

56. — *Inquiétudes*.
SIGNÉ A GAUCHE.

Carton Haut. 0^m55; Larg. 0^m40.

57. — *Les Adieux*.
SIGNÉ A DROITE.

Toile Haut. 0^m32; Larg. 0^m50.

58. — *La Cuisine champêtre*.
SIGNÉ A GAUCHE.

Carton Haut. 0^m32; Larg. 0^m50.

59. — *Dans les parcs*.
SIGNÉ A GAUCHE.

Carton Haut. 0^m32; Larg. 0^m50.

60. — *Pêcheuses de Cancale*.
SIGNÉ A GAUCHE.

Carton Haut. 0^m32; Larg. 0^m50.

61. — *Les Étalages*.
SIGNÉ A DROITE.

Carton Haut. 0^m32; Larg. 0^m50.

62. — *Retour de la pêche*.
SIGNÉ A GAUCHE.

Carton Haut. 0^m32; Larg. 0^m50.

63. — *La plage à Cancale*.
SIGNÉ A DROITE.

Carton Haut. 0^m32; Larg. 0^m50.

64. — *Retour des Étalages*
SIGNÉ A GAUCHE.

Carton Haut. 0^m51; Larg. 0^m32.

65. — *Pêcheuses d'huîtres à Cancale*.
SIGNÉ A GAUCHE.

Carton Haut. 0^m32; Larg. 0^m51.

66. — _Pêche des huîtres à Cancale._

SIGNÉ A GAUCHE.

Carton Haut. 0m32; Larg. 0m51.

93   **67. — _La Pêche des huîtres._**

SIGNÉ A GAUCHE.

Carton Haut. 0m32; Larg. 0m51.

68. — _Retour de la pêche._

SIGNÉ A GAUCHE.

Carton Haut. 0m32; Larg. 0m51.

110   **69. — _Pêcheur de crevettes._**

SIGNÉ A GAUCHE.

Carton Haut. 0m51; Larg. 0m32.

70. — _Pêcheuse de crevettes._

SIGNÉ A GAUCHE.

Carton Haut. 0m51; Larg. 0m32.

121   **71. — _Pêcheuses d'huîtres._**

SIGNÉ A GAUCHE.

Carton Haut. 0m28; Larg. 0m48.

72. — _La Pêcheuse blessée._

SIGNÉ A GAUCHE.

Carton Haut. 0m31; Larg. 0m46.

180   **73. — _La Caravane à Cancale._**

SIGNÉ A DROITE.

Carton Haut. 0m27; Larg. 0m48.

74. — _La Plage de la Houlle._

SIGNÉ A GAUCHE.

Carton Haut. 0m28; Larg. 0m48.

400   **75. — _La Récolte des huîtres._**

SIGNÉ A GAUCHE.

Carton Haut. 0m25; Larg. 0m41.

No 3

Cliché Braun, Clément et Cie

76. — *Le Marché aux poissons.*

SIGNÉ A DROITE.

Carton Haut. 0m25; Larg. 0m41.

77. — *Le Repos pendant la moisson.*

SIGNÉ A GAUCHE.

Carton Haut. 0m27; Larg. 0m37.

78. — *Pêcheuse.*

SIGNÉ A DROITE.

Carton Haut. 0m44; Larg. 0m28.

79. — *La Vieille pêcheuse.*

SIGNÉ A GAUCHE.

Carton Haut. 0m44; Larg. 0m28.

80. — *Retour de la Grand'Messe.*

SIGNÉ A GAUCHE.

Bois Haut. 0m41; Larg. 0m32.

81. — *La Fileuse.*

SIGNÉ A DROITE.

Toile Haut. 0m24; Larg. 0m33.

82. — *Pêche aux huîtres; esquisse.*

SIGNÉ A DROITE.

Carton Haut. 0m25; Larg. 0m32.

83. — *La provision d'eau.*

SIGNÉ A GAUCHE.

Carton Haut. 0m24; Larg. 0m32.

84. — *La Grande Sœur.*

SIGNÉ A GAUCHE.

Carton Haut. 0m65; Larg. m40.

85. — *Lavandières à la Houlle.*

SIGNÉ A GAUCHE.

Bois Haut. 0m65; Larg. 0m40.

86. — *L'Oiseau mort.*

SIGNÉ A GAUCHE.

Bois Haut. 0m65; Larg. 0m40.

87. — *Retour de la pêche.*

SIGNÉ A GAUCHE.

Carton Haut. 0m65; Larg. 0m40.

88. — *Les coquelicots.*

SIGNÉ A GAUCHE.

Carton Haut. 0m65; Larg. 0m40.

89. — *Réparation des filets.*

SIGNÉ A DROITE.

Bois Haut. 0m65; Larg. 0m40.

90. — *Pêcheuse de crevettes.*

SIGNÉ A GAUCHE.

Bois Haut. 0m32; Larg. 0m51.

91. — *Sur la Falaise.*

SIGNÉ A DROITE.

Carton Haut. 0m32; Larg. 0m51.

92. — *Déjeuner dans les champs.*

SIGNÉ A GAUCHE.

Carton Haut. 0m32; Larg. 0m51.

93. — *La Plage à Cancale.*

SIGNÉ A GAUCHE.

Carton Haut. 0m32; Larg. 0m51.

94. — *Retour de la pêche aux huîtres.*

SIGNÉ A GAUCHE.

Carton Haut. 0m32; Larg. 0m51.

95. — *Le Serrage des huîtres.*

SIGNÉ A GAUCHE.

Carton Haut. 0m32; Larg. 0m51.

Nᵒ 6

Cliché Braun, Clément et Cie

96. — *Retour des parcs.*
SIGNÉ A GAUCHE.

Toile Haut. 0m32; Larg. 0m51.

110   97. — *Pêcheuse de crabes.*
SIGNÉ A GAUCHE.

Bois Haut. 0m32; Larg. 0m51.

98. — *Dans les parcs.*
SIGNÉ A DROITE.

Bois Haut. 0m32; Larg. 0m50.

108   99. — *Pêcheuse de crevettes.*
SIGNÉ A DROITE.

Bois Haut. 0m32; Larg. 0m51.

100. — *Pêcheuse sur la plage.*
SIGNÉ A GAUCHE.

Carton Haut. 0m32; Larg. 0m51.

101. — *Pêcheuse d'huîtres.*
SIGNÉ A GAUCHE.

Carton Haut. 0m32; Larg. 0m50.

102. — *Le vieux pont de Cancale.*
SIGNÉ A GAUCHE.

Carton Haut. 0m32; Larg. 0m51.

102   103. — *Cancalaise.*
SIGNÉ A DROITE.

Toile Haut. 0m32; Larg. 0m50.

104 — *Dans les Desures.*
SIGNÉ A GAUCHE.

Toile Haut. 0m32; Larg. 0m51.

118   105. — *Le Rocher de Cancale.*
SIGNÉ A GAUCHE.

Toile Haut. 0m32; Haut. 0m51.

106. — *Retour des pêcheries.*
SIGNÉ A GAUCHE.

Toile Haut. 0m51; Larg 0m32.

165 107. — *Le Produit de la pêche.*
SIGNÉ A GAUCHE.

Toile Haut. 0m51; Larg. 0m32.

108. — *La Tricoteuse.*
SIGNÉ A GAUCHE.

Toile Haut. 0m49; Larg. 0m32.

210 109. — *Préoccupations maternelles.*
SIGNÉ A DROITE.

Carton Haut. 0m51; Larg. 0m32.

110. — *Ramasseuses d'huîtres.*
SIGNÉ A GAUCHE.

Bois Haut. 0m32; Larg. 0m50.

215 111. — *Pêcheuse de crevettes.*
SIGNÉ A GAUCHE.

Carton Haut. 0m50; Larg. 0m32.

112. — *Mélancolie.*
SIGNÉ A DROITE.

Carton Haut. 0m50; Larg. 0m32.

200 113. — *Jeune pêcheuse.*
SIGNÉ A GAUCHE.

Bois Haut. 0m50; Larg. 0m32.

114. — *Pêcheuse au repos.*
SIGNÉ A DROITE.

Carton Haut. 0m49; Larg. 0m32

60 115. — *La Lavandière.*
SIGNÉ A DROITE.

Carton Haut. 0m51; Larg. 0m32.

116. — *L'Attente*.
SIGNÉ A DROITE.

Carton Haut. 0^m50; Larg. 0^m32.

117. — *En Attendant la basse mer*.
SIGNÉ A GAUCHE.

Carton Haut. 0^m50; Larg. 0^m32.

118. — *Le Serrage des huîtres*.
SIGNÉ A GAUCHE.

Bois Haut. 0^m32; Larg. 0^m50.

119. — *La Plage de Cancale*.
SIGNÉ A DROITE.

Carton Haut. 0^m32; Larg. 0^m51.

120. — *Le père Martin*.
SIGNÉ A DROITE.

Carton Haut. 0^m50; Larg. 0^m32.

121. — *Bonne pêche*.
SIGNÉ A GAUCHE

Carton Haut. 0^m50; Larg. 0^m32.

122. — *Le Transport du chalut*.
SIGNÉ A GAUCHE.

Carton Haut. 0^m50; Larg. 0^m32.

123. — *Tricoteuse endormie*.
SIGNÉ A DROITE EN HAUT.

Carton Haut. 0^m50; Larg. 0^m32.

124. — *Dans les parcs*.
SIGNÉ A GAUCHE.

Carton Haut. 0^m32; Larg. 0^m51.

125. — *Marée basse à Cancale*.
SIGNÉ A DROITE.

Carton. Haut. 0^m51; Larg. 0^m32.

126. — *Retour joyeux.*
SIGNÉ A GAUCHE.

Carton Haut. 0ᵐ51; Larg. 0ᵐ32.

127. — *Cancalaise.*
SIGNÉ A GAUCHE.

Carton Haut. 0ᵐ44; Larg. 0ᵐ28.

128. — *La Récolte du sel à Saillé.*
SIGNÉ A GAUCHE.

Bois Haut. 0ᵐ32; Larg. 0ᵐ41.

129. — *La Jeune pêcheuse.*
SIGNÉ A GAUCHE.

Bois Haut. 0ᵐ41; Larg. 0ᵐ32.

130. — *Un Événement en mer.*
SIGNÉ A GAUCHE.

Bois Haut. 0ᵐ41; Larg. 0ᵐ32.

131. — *Solitude.*
SIGNÉ A GAUCHE.

Carton Haut. 0ᵐ24; Larg. 0ᵐ32.

132. — *Le Calvaire de la Houlle.*
SIGNÉ A GAUCHE.

Carton Haut. 0ᵐ24; Larg. 0ᵐ31.

133. — *Les Marchandes de poissons.*
SIGNÉ A DROITE.

Carton Haut. 0ᵐ32; Larg. 0ᵐ24.

134. — *Marée basse à Cancale.*
SIGNÉ A GAUCHE.

Carton Haut. 0ᵐ24; Larg. 0ᵐ32.

135. — *Méditations.*
SIGNÉ A GAUCHE.

Carton Haut. 0ᵐ24; Larg. 0ᵐ32.

136. — *Dans les parcs.*
SIGNÉ A DROITE.

Carton Haut. 0m24 ; Larg. 0m31.

137. — *Laveuses à Guérande.*
SIGNÉ A GAUCHE.

Carton Haut 0m24. ; Larg. 0m31.

138. — *Aux environs de Guérande.*
SIGNÉ A GAUCHE.

Carton Haut. 0m24 ; Larg. 0m31.

139. — *Laveuse ; Étude.*
SIGNÉ A GAUCHE.

Carton Haut. 0m24 ; Larg. 0m31.

140. — *Cancalaises travaillant dans la rue.*
SIGNÉ A GAUCHE.

Carton Haut. 0m31 ; Larg. 0m24.

141. — *Pêche des huîtres à marée basse.*
SIGNÉ A GAUCHE.

Carton Haut. 0m24 ; Larg. 0m31.

142. — *Un coin de l'étang de Guérande.*
SIGNÉ A GAUCHE.

Carton Haut. 0m24 ; Larg. 0m31.

143. — *La pêche dans la baie du Mont St-Michel.*
SIGNÉ A GAUCHE.

Carton Haut. 0m22 ; Larg. 0m31.

144. — *La petite cale à Cancale.*
SIGNÉ A DROITE.

Carton Haut. 0m21 ; Larg. 0m32.

145. — *Inquiétudes !*
SIGNÉ A GAUCHE.

Carton Haut. 0m21 ; Larg. 0m32.

146. — *Marché aux poissons.*
SIGNÉ A GAUCHE.

Carton Haut. 0ᵐ18; Larg. 0ᵐ25.

147. — *Dans les parcs.*
SIGNÉ A GAUCHE.

Carton Haut. 0ᵐ16; Larg. 0ᵐ25.

148. — *Plage à Cancale.*
SIGNÉ A DROITE.

Carton Haut. 0ᵐ16; Larg. 0ᵐ25.

149. — *Marée basse.*
SIGNÉ A GAUCHE.

Carton Haut. 0ᵐ16; Larg. 0ᵐ25.

150. — *Retour du Bas-de-l'Eau.*
SIGNÉ A GAUCHE.

Carton Haut. 0ᵐ15; Larg. 0ᵐ25.

151. — *Les Marchands de poissons.*
SIGNÉ A GAUCHE.

Bois Haut. 0ᵐ16; Larg. 0ᵐ23.

152. — *Italienne endormie.*
SIGNÉ A GAUCHE.

Toile Haut. 0ᵐ22; Larg. 0ᵐ27.

153. — *La Chalutière.*
SIGNÉ A GAUCHE.

Toile Haut. 0ᵐ29; Larg. 0ᵐ22.

154. — *L'Epi à Cancale.*
SIGNÉ A DROITE.

Carton Haut. 0ᵐ19; Larg. 0ᵐ35.

155. — *L'arrivée du poisson.*
SIGNÉ A GAUCHE.

Carton Haut. 0ᵐ19; Larg. 0ᵐ35.

N° 7

Cliché Braun, Clément et Cie

156. — *La Senne.*
SIGNÉ A GAUCHE.

Carton Haut. 0m19; Larg. 0m35.

131

157. — *Retour de la pêche.*
SIGNÉ A DROITE.

Carton Haut. 0m19; Larg. 0m30.

158. — *La Caravane à Cancale.*
SIGNÉ A GAUCHE.

Carton Haut. 0m19; Larg. 0m30.

215

159. — *Les Chevaux de bois à Cancale.*
SIGNÉ A DROITE.

Carton Haut. 0m19; Larg. 0m30.

160. — *Les Forains à la Houlle.*
SIGNÉ A DROITE.

Carton Haut. 0m19; Larg. 0m30.

180

161. — *La fête à Cancale.*
SIGNÉ A DROITE.

Carton Haut. 0m19; Larg. 0m32.

162. — *Le séchage des chaluts.*
SIGNÉ A GAUCHE.

Carton Haut. 0m19; Larg. 0m32.

65

163. — *La ville Es-Gidoux.*
SIGNÉ A GAUCHE.

Carton Haut. 0m16; Larg. 0m26.

164. — *Marée basse à Cancale.*
SIGNÉ A DROITE.

Carton Haut. 0m16; Larg. 0m25.

150

165. — *A la fenêtre de Cancale.*
SIGNÉ A GAUCHE.

Carton Haut. 0m16; Larg. 0m25

166. — *Marchandes de poissons.*
SIGNÉ A GAUCHE.

Carton Haut. 0ᵐ16; Larg. 0ᵐ25.

167. — *La Plage de Cancale.*
SIGNÉ A GAUCHE.

Carton Haut. 0ᵐ16; Larg. 0ᵐ25.

168. — *Une Assemblée, environs de Cancale.*
SIGNÉ A GAUCHE.

Carton Haut. 0ᵐ16; Larg. 0ᵐ25.

169. — *Les Glaneuses de la mer.*
SIGNÉ A DROITE.

Carton Haut. 0ᵐ16· Larg. 0ᵐ25.

170. — *Dans les Dextres.*
SIGNÉ A GAUCHE.

Carton Haut. 0ᵐ16; Larg. 0ᵐ25.

171. — *Marché aux poissons à Cancale.*
SIGNÉ A GAUCHE.

Carton Haut. 0ᵐ19; Larg. 0ᵐ27.

172. — *Cancalaise.*
SIGNÉ A GAUCHE.

Carton Haut. 0ᵐ26; Larg. 0ᵐ20.

173. — *Pêcheuses de crevettes.*
SIGNÉ A DROITE.

Carton Haut. 0ᵐ19; Larg. 0ᵐ26.

174. — *Marée basse.*
SIGNÉ A DROITE.

Carton Haut. 0ᵐ19; Larg. 0ᵐ26.

175. — *Sur la petite cale.*
SIGNÉ A GAUCHE.

Bois Haut. 0ᵐ15; Long. 0ᵐ21.

176. — *Marchande de volailles.*
SIGNÉ A DROITE.

Bois Haut. 0^m16; Larg. 0^m22.

177. — *Procession à Guérande.*
SIGNÉ A GAUCHE.

Bois Haut. 0^m16; Larg. 0^m22.

178. — *L'Atterrissage.*
SIGNÉ A DROITE.

Bois Haut. 0^m15; Larg. 0^m22.

179. — *Marchandes de marée.*
SIGNÉ A GAUCHE.

Bois Haut. 0^m17; Larg. 0^m22.

180. — *La Foire de Guérande.*
SIGNÉ A GAUCHE.

Bois Haut. 0^m16; Larg. 0^m22.

181. — *Lavandières à Guérande.*
SIGNÉ A DROITE.

Bois Haut. 0^m16; Larg. 0^m22.

182. — *A la fontaine Roulette à Cancale.*
SIGNÉ A GAUCHE.

Bois Haut. 0^m15; Larg. 0^m21.

183. — *L'Escamoteur.*
SIGNÉ A GAUCHE.

Bois Haut. 0^m19; Larg. 0^m24.

184. — *Cancalaise.*
SIGNÉ A GAUCHE.

Carton Haut. 0^m25; Larg. 0^m18.

185. — *Derrière le Hock à Cancale.*
SIGNÉ A DROITE.

Bois Haut. 0^m16; Larg. 0^m22.

186. — *Cancalaise.*
SIGNÉ A DROITE.

Carton Haut. 0^m25; Larg. 0^m17.

187. — *Cancalaise*.
SIGNÉ A DROITE.

Carton Haut. 0ᵐ23; Larg. 0ᵐ17.

188. — *Cancalaise*.
SIGNÉ A GAUCHE.

Carton Haut. 0ᵐ25; Larg. 0ᵐ17.

189. — *Retour du Bas-de-l'Eau*.
INITIALES A GAUCHE.

Carton Haut. 0ᵐ15; Larg. 0ᵐ24.

190. — *L'Embarquement*.
SIGNÉ A GAUCHE.

Carton Haut. 0ᵐ15; Larg. 0ᵐ24.

191. — *Retour de la pêche*.
SIGNÉ A GAUCHE.

Carton Haut. 0ᵐ13; Larg. 0ᵐ27.

192. — *Fillette*.
SIGNÉ A GAUCHE.

Carton Haut. 0ᵐ25; Larg. 0ᵐ18.

193. — *Les Fiancés*.
SIGNÉ A GAUCHE.

Carton Haut. 0ᵐ18; Larg. 0ᵐ25.

194. — *Cancalaise*.
SIGNÉ A GAUCHE.

Carton Haut. 0ᵐ24; Larg. 0ᵐ17.

195. — *L'Expédition des huîtres; esquisse*.
SIGNÉ A GAUCHE.

Carton Haut. 0ᵐ16; Larg. 0ᵐ25.

196. — *L'Attente*.
SIGNÉ A DROITE.

Bois Haut. 0ᵐ11: Larg. 0ᵐ08.

197. — *Le Retour de la Saline*.
SIGNÉ A DROITE.

Bois Haut. 0ᵐ23; Larg. 0ᵐ17.

N° 12

Cliché Braun, Clément et Cie

198. — *La Récolte du sel.*
SIGNÉ A DROITE.

Bois Haut. 0^m23; Larg. 0^m17.

100

199. — *Petits Marchands d'huîtres.*
SIGNÉ A DROITE.

Bois Haut. 0^m16; Larg. 0^m22.

200. — *Un coin du marché de Guérande.*
SIGNÉ A DROITE.

Bois Haut. 0^m16; Larg. 0^m23.

200

201. — *Dans les parcs.*
SIGNÉ A DROITE.

Bois Haut. 0^m16; Larg. 0^m22.

202. — *Marché aux poulets; Guérande.*
SIGNÉ A GAUCHE.

Bois Haut. 0^m16; Larg. 0^m22.

188

203. — *Enfants de pêcheurs.*
SIGNÉ A GAUCHE.

Bois Haut. 0^m22; Larg. 0^m16 1/2.

204. — *Le Déjeûner un jour d'Assemblée.*
SIGNÉ A DROITE.

Bois Haut. 0^m16; Larg. 0^m22.

115

205. — *Cuisine en plein air.*
SIGNÉ A DROITE.

Bois Haut. 0^m22; Larg. 0^m16.

206. — *Le Mouton.*
SIGNÉ A DROITE.

Bois Haut. 0^m16; Larg. 0^m21.

130

207. — *Le Déjeûner des Lavandières.*
SIGNÉ A GAUCHE.

Bois Haut. 0^m16.; Larg. 0^m22.

208. — *Sur la Falaise.*
SIGNÉ A DROITE.

Bois Haut. 0^m22; Larg. 0^m16.

209. — *Gamins sur la Petite Cale.*
SIGNÉ A GAUCHE.

Bois Haut. 0m16; Larg. 0m22.

210. — *Bavardage.*
SIGNÉ A GAUCHE.

Toile Haut. 0m16; Larg. 0m21.

211. — *La Cuisine en plein vent.*
SIGNÉ A DROITE.

Toile Haut. 0m22; Larg. 0m16.

212. — *Baignade des enfants.*
SIGNÉ A GAUCHE.

Bois Haut. 0m17. Larg. 0m23.

213. — *Pêcheuses sous le Hock.*
SIGNÉ A DROITE.

Bois Haut. 0m17; Larg. 0m23.

214. — *Causerie au marché.*
SIGNÉ A GAUCHE.

Bois Haut. 0m17; Larg. 0m22.

215. — *Marchands de fruits, à Cancale.*
SIGNÉ A DROITE.

Bois Haut. 0m17; Larg. 0m13.

216. — *Groupe de pêcheurs.*
SIGNÉ A GAUCHE.

Carton Haut. 0m16· Larg. 0m11.

217. — *L'Acrobate.*
SIGNÉ A GAUCHE.

Carton Haut. 0m12; Larg. 0m17.

218. — *La Vanneuse.*
SIGNÉ A GAUCHE.

Bois Haut. 0m16; Larg. 0m10.

219. — *Un Jour de courses en Bretagne.*
SIGNÉ A GAUCHE.

Bois Haut. 0m16; Larg. 0m23.

N° 19

Cliché Braun, Clément et Cie

220. — *Marchandes de poissons à Cancale.*
SIGNÉ A DROITE.

Carton Haut. 0m16; Larg. 0m22.

221. — *Laveuse à Guillochet; Cancale.*
SIGNÉ A GAUCHE.

Carton Haut. 0m12; Larg. 0m24.

222. — *Le serrage des huîtres.*
SIGNÉ A DROITE.

Carton Haut. 0m15; Larg. 0m22.

223. — *Dans les Desures.*
SIGNÉ A GAUCHE.

Carton Haut. 0m16: Larg. 0m25.

224. — *Marée basse à Cancale.*
SIGNÉ A GAUCHE.

Carton Haut. 0m16: Larg. 0m25.

225. — *La Plage de Cancale; le matin.*
SIGNÉ A GAUCHE.

Carton Haut. 0m16; Larg. 0m25.

226. — *Cancalaise au Soleil.*
SIGNÉ A GAUCHE.

Carton Haut. 0m23; Larg. 0m17.

227. — *Sur la Plage à Cancale.*
SIGNÉ A GAUCHE.

Carton Haut. 0m15; Larg. 0m25.

228. — *Après la pêche.*
SIGNÉ A DROITE.

Carton Haut. 0m15; Larg. 0m27.

229. — *Retour de la pêche.*
SIGNÉ A DROITE.

Carton Haut. 0m15; Larg. 0m25.

230. — *Le Rocher de Cancale.*
SIGNÉ A GAUCHE.

Carton Haut. 0m16; Larg. 0m25.

231. — *Marée basse.*
SIGNÉ A DROITE.

Carton Haut. 0m16; Larg. 0m25.

232. — *Les Étalages à Cancale.*
SIGNÉ A DROITE.

Carton Haut. 0m16; Larg. 0m25.

233. — *Retour par le ruisseau.*
SIGNÉ A DROITE.

Carton Haut. 0m16; Larg. 0m25.

234. — *Une Rue à la Houlle.*
SIGNÉ A GAUCHE.

Carton Haut. 0m16; Larg. 0m25.

235. — *La Houlle; effet de matin.*
SIGNÉ A DROITE.

Carton Haut. 0m16; Larg. 0m25.

236. — *Les Régates à Dinard.*
SIGNÉ A GAUCHE.

Carton Haut. 0m16; Larg. 0m25.

Imp. Henri Schiller. — Paris

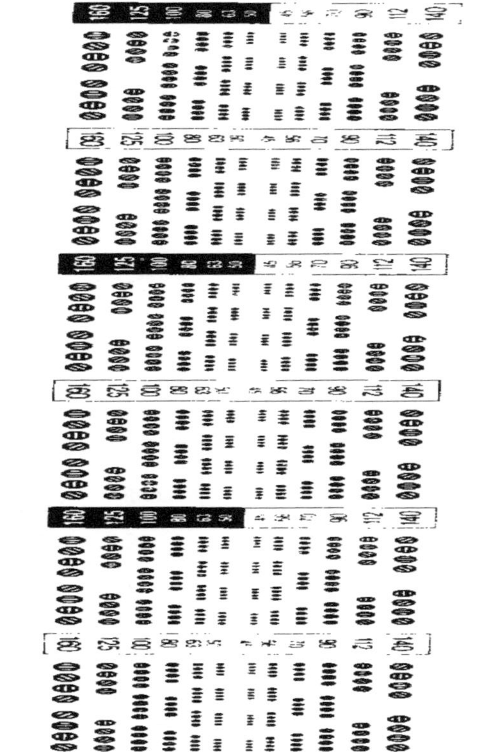

MIRE ISO N° 1
NF Z 43-007
AFNOR
Cedex 7 - 92080 PARIS-LA-DÉFENSE

BIBLIOTHEQUE NATIONALE DE FRANCE

****

CHATEAU DE SABLE

1996